天才《てんさい》はつめい家《か》 のんのんパパ
のんのんかぞく
まほうが つかえる
のんのんママ
のんびりやの
のんのん
おませな
きらりん
この本《ほん》に とうじょうする
なかまたち
のんのんパパの ママ
パワフルな
おばあちゃん
のんのんパパの パパ
ぼうけんかの
おじいちゃん
スイーツが ねんりょう！
のんのん号《ごう》

のんのんかぞくとあそぼ！

ゆうえんちで大パニック!?

絵／森のくじら
構成・文／グループ・コロンブス

新日本出版社

1 ゆうえんちに 行《い》こう！

ここは のんびり町《まち》。
みんなが すんでいる
ちきゅうから 少《すこ》し
はなれた 星《ほし》に
あります。

この町《まち》には、
ふしぎで　かわいい
生《い》きものが　くらして
いるんですよ。

おや、大《おお》いそぎで
道《みち》を　走《はし》っている
ちょっと　かわった
車《くるま》が　見《み》えますね。

「うひゃー！　のんのん号《ごう》、はやいぞ〜〜！」
ふしぎな　車《くるま》「のんのん号《ごう》」に　のって
大《おお》はしゃぎを　しているのは、のんのんです。
のんのんは　のんびり小学校《しょうがっこう》に　通《かよ》う　男《おとこ》の子《こ》。
きょうは　かぞくみんなで　ゆうえんちへ
おでかけです。

「のんのん、気《き》をつけて！」
ハラハラしているのは、のんのんママ。
まほうが　つかえて、りょうりじょうずなんですよ。

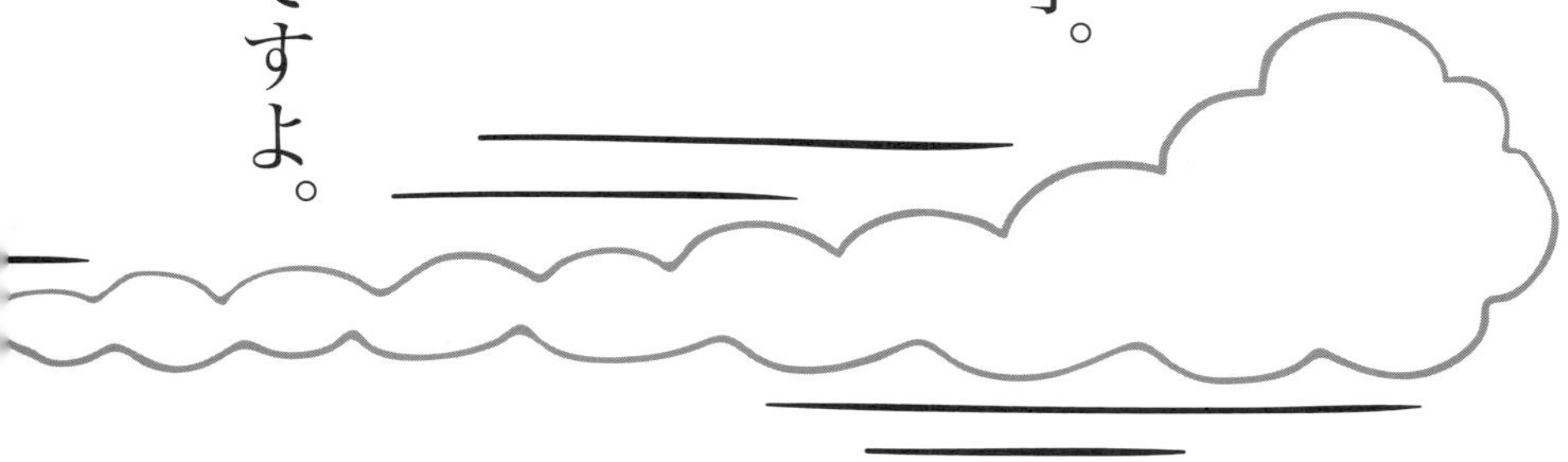

※〔すまして〕なんでもないような顔《かお》をすること。

「はははは。元気《げんき》が　一番《いちばん》だね」
わらっているのは、天才《てんさい》
はつめい家《か》の　のんのんパパ。
のんのん号《ごう》も、パパの
はつめいです。

すると、のんのんの　妹《いもうと》、きらりんが
ジュースを　のみながら、※すまして　いいました。
「ゆうえんちくらいで　はしゃぐなんて、子《こ》どもねえ」

※（ステーション）えき。

「だって　はじめて　ゆうえんちに　行《い》くんだよ〜。
わくわくするよ〜！」
のんのんは　目《め》を　キラキラさせて　いいました。

キキキー!!

のんびりステーション※前《まえ》で
のんのん号《ごう》が　止《と》まりました。
「やあ。のんのん、きらりん」

「ひさしぶりね。 楽《たの》しみに してたわ！」
のんのんと きらりんの
おじいちゃんと おばあちゃんです。
「わあ！ 会《あ》いたかったよ～」
のんのんの うでが、ぐいーーん！
と のびて、おじいちゃんと
おばあちゃんに だきつきました。
じつは のんのんは うでが 自由《じゆう》に
のばせるんですよ。 ちょっと かわっていますね。

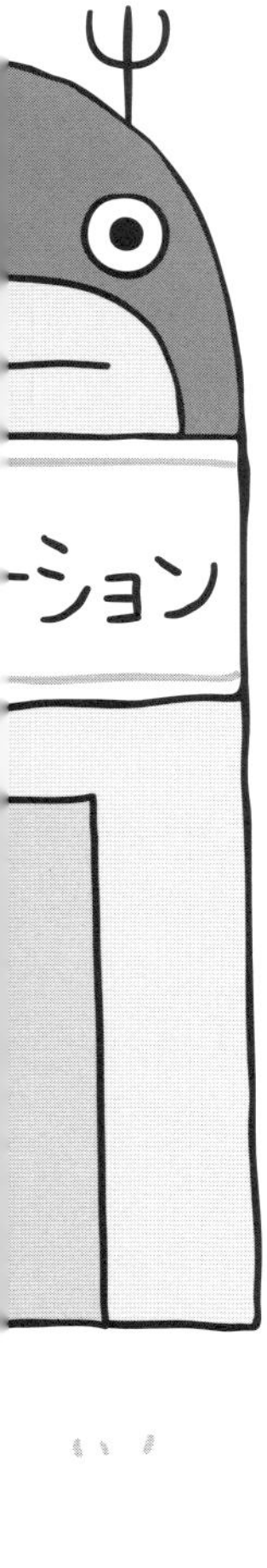

おじいちゃんは　わかいころ、　あちこちを
たびした　ぼうけん家《か》。　おばあちゃんは、
きょうみを　もった　ものには
なんでも　ちょうせんする
パワフルおばあちゃんです。

「さあ、　のって　のって」
のんのんパパが　そういうと、　のんのん号《ごう》は
ぐん！　と　大《おお》きくなりました。　じつは　のんのん号《ごう》、

※自由《じゆう》じざいに　大《おお》きさが　かわるのです。
「ゆうえんちに　しゅっぱつ　しんこうー！」

※〔自由《じゆう》じざい〕思《おも》いのままにできること。

しばらくすると、大《おお》きな　かんらん車《しゃ》が　見《み》えて
きました。

「やったー！　ついた〜！」

「きらりん、くるくる　まわるのが　いい！」

「ひゃー！　わたしも、ゆうえんちって
はじめてなの。わくわくするねえ」

のんのんや　きらりんと　いっしょになって、
おばあちゃんも　目《め》を　キラキラさせています。

「知《し》らないものや　新《あたら》しいものって　大《だい》すきさ」

「イラッシャイマセ」
ゆうえんちの 入《い》り口《ぐち》の、チケットを 売《う》る
ロボットが いいました。
「のんのん号《ごう》の 分《ぶん》も 買《か》わなきゃね」

オシテクダサイ
おとな
1 2 3 4
こども
1 2 3 4
のりもの
いぬ
ねこ
とり
さかな
?
なんだろね

※答《こた》えは 13ページに あるよ。

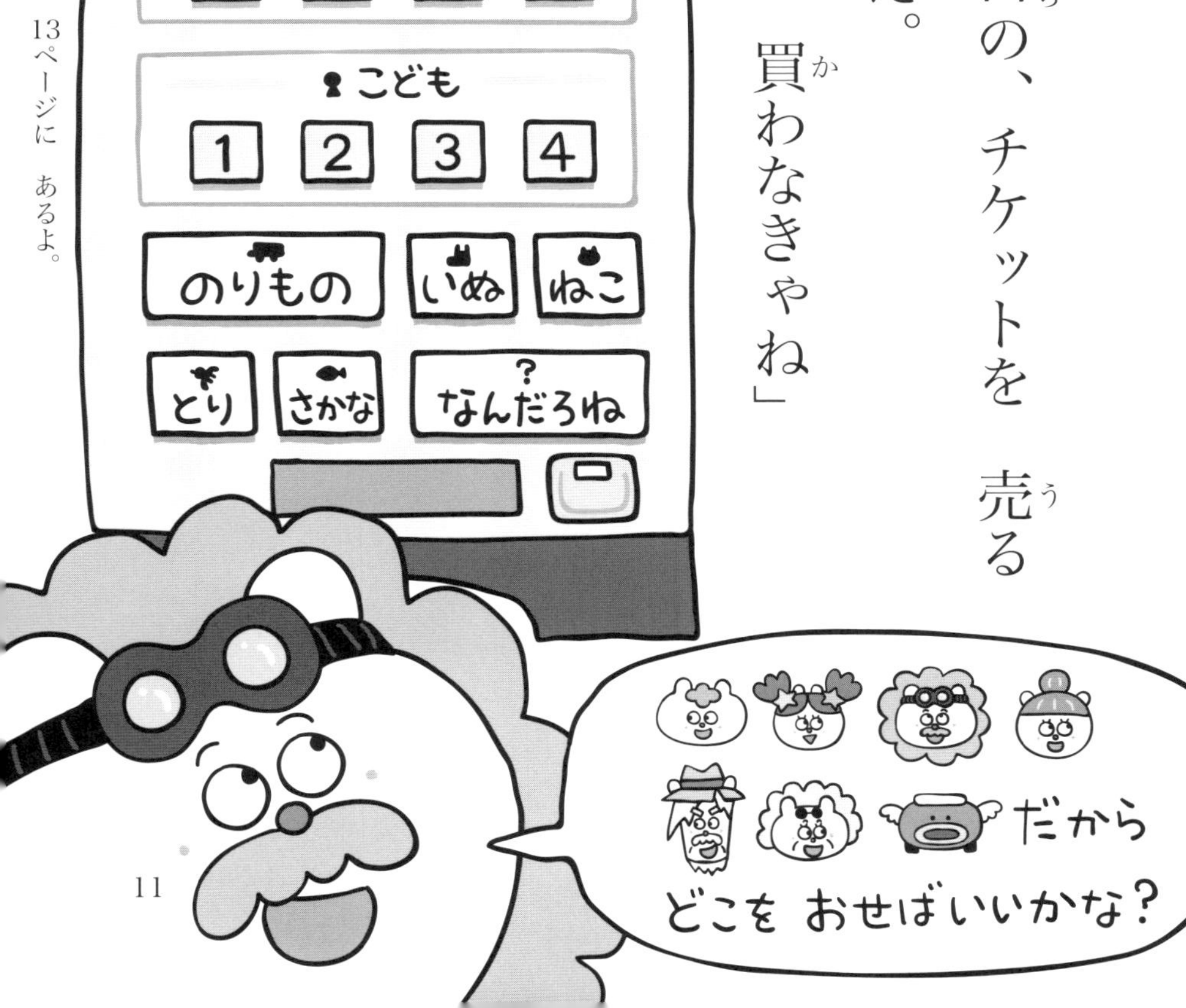
だから
どこを おせばいいかな？

ガシャン！

ゲート※を　くぐって、いよいよ　ゆうえんちです。

「うわー！　すごい！」

「のりものが　いっぱいで　まよっちゃうよ～」

「こういうときは、マップを　見《み》ないと　いけないぞ」

おじいちゃんが　すかさず※、マップを　広《ひろ》げました。

ここ、「のんびりゆうえんち」は　3つの　エリアに分《わ》かれています。

※（ゲート）門《もん》。　※（すかさず）すぐに。

小《ちい》さな　子《こ》どもも　あそべる　〝るんるんエリア〟と、
かぞくで　あそぶ　〝わいわいエリア〟。そして、
ジェットコースターなど　スリルまんてんの
のりものが　ある　〝ドキドキエリア〟です。

＊ゆうえんちで……＊

※11ページの答《こた》え……おとな4まい、こども2まい、のりもの1まい。

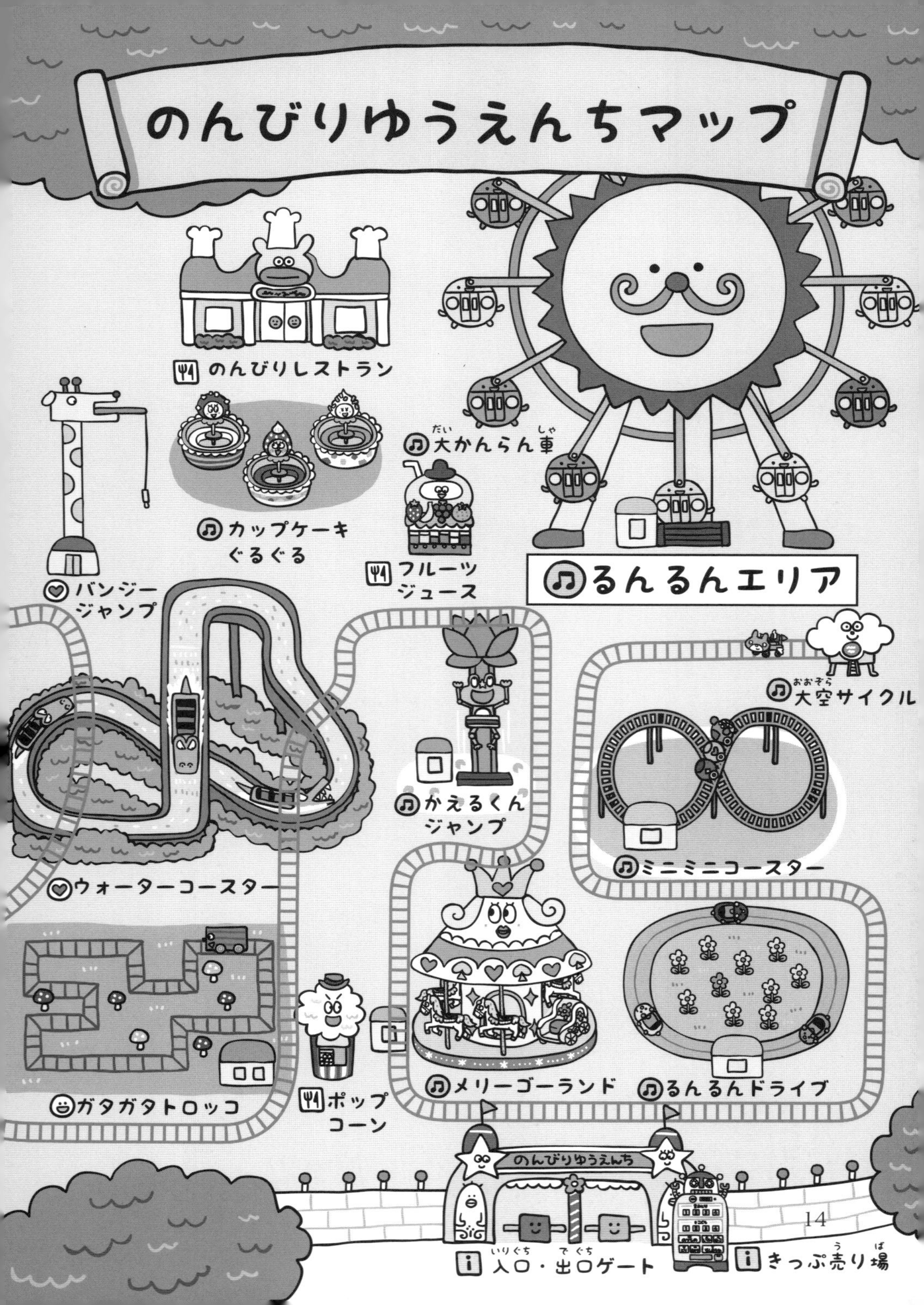
のんびりゆうえんちマップ
のんびりレストラン
カップケーキぐるぐる
大《だい》かんらん車《しゃ》
フルーツジュース
るんるんエリア
バンジージャンプ
大空《おおぞら》サイクル
かえるくんジャンプ
ミニミニコースター
ウォーターコースター
ガタガタトロッコ
ポップコーン
メリーゴーランド
るんるんドライブ
のんびりゆうえんち
入口《いりぐち》・出口《でぐち》ゲート
きっぷ売《う》り場《ば》

人気《にんき》だよ！
アドベンチャーコースター
キラキラ通《どお》り
めいぶつ！
のんびり
バーガー
クレープ
ドキドキエリア
ジェットコースター
ドキドキ
バイキング
とうふばあの
とうふドーナツや
わいわい池《いけ》の
わいわいボート
ドキドキ・ストン
ゴーカート
わいわいエリア
アイスクリーム
ソフトクリーム
空中《くうちゅう》ブランコ
人気《にんき》だよ！
きょだいめいろ
とっても むずかしいよ！
出口《でぐち》まで 行《い》けるかな？

「ぼく、これに　のりたい！」

のんのんが　パパと　やってきたのは

大空《おおぞら》サイクル。

すきな　じてん車《しゃ》を　えらんで、レールに

そって　走《はし》ります。ゆうえんちを　下《した》に　見《み》ながら

サイクリングが　できるのです。

「チケットヲ　ハイケンシマス」

のんのんと　パパは、チケットはいけんロボットに

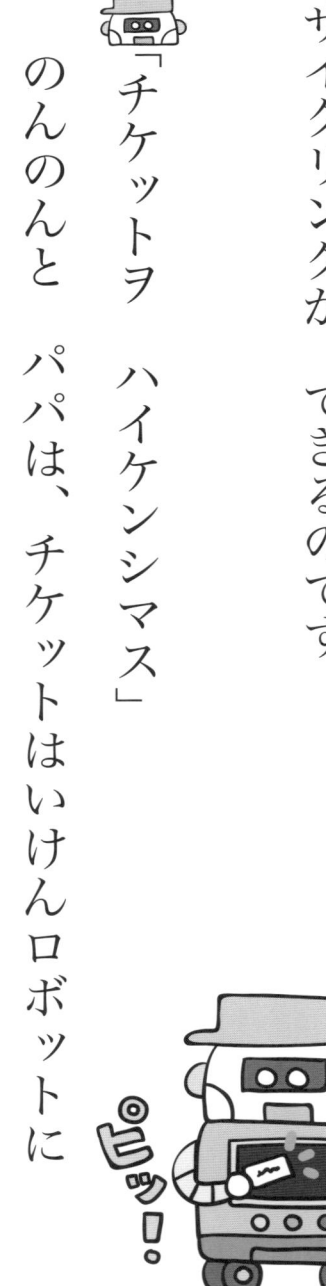

チケットを　見《み》せて　中《なか》に　入《はい》りました。

「やあ、いらっしゃい！　きょうは　ちょうしが
いいんだ。おいらに　のってかない？」

「わあ、じてん車《しゃ》が　しゃべってる！」

「あれ、知《し》らないの？
ここの　ゆうえんちの
のりものは　みんな、
きみたちと　同《おな》じように
しゃべれるんだぜ」

のんのんと 大空《おおぞら》サイクル！

～ゆうえんち de《で》 見《み》つけあそび～

のんのんと　パパと　いっしょに、
大空《おおぞら》サイクルの　じてん車《しゃ》に　のって、
ゆうえんちを　ぐるっと　サイクリング！
のんのんと　パパが　見《み》つけたものは
どこにあるかな？。

※答《こた》えは　92ページに　あるよ。

こっちには、こんな ものも あるぞ。

こんなものも
あるぞ！
あっちの 方《ほう》には なにが あるかな？

「ああ、楽《たの》しかった！　のりものと
話《はな》せるなんて　うれしいなあ」
「お兄《にい》ちゃーん！」
「のんのんー！」
きらりんと　おばあちゃんが
手《て》を　ふりながら　走《はし》ってきました。
ママや　おじいちゃんも　いっしょです。
「ねえねえ、知《し》ってる？　のりものが　みんな
話《はな》せるの！　きらりん、カップケーキに　のったの！」

※〔こうふん〕ドキドキわくわくすること。
※〔はらごしらえ〕ごはんを食《た》べること。

「わたしは ゴーカートに
のったよ！ のりものさんと
気《き》が合《あ》ってねえ」
みんな 大《だい》こうふん※です。

「ねえねえ、つぎは
なにに のる？」
そういったとたん、のんのんの
おなかが ぐう～と なりました。

「じゃあ、その前《まえ》に はらごしらえ※を しようかね」

うひょおおお
ぐるぐる〜
ブオオォーン
ぐるぐるぐる
ぐるぐるぐるぐる

食《た》べたいものは なあに？

～おいしい ことばあそび～

のんびりレストランに　やってきました。
おなかを　すかせた　のんのんたち。
それぞれの　食《た》べたいものは　なにかな？
○に　ことばを　入《い》れて、当《あ》ててね。

※答《こた》えは　92ページに　あるよ。
※□に　入《はい》っている　ことばが　ヒントだよ。

③
わしは……
コ
○レ○じゃ。
メ　ト
ラ
⑥
あたしは……
オ○○○スに　するよ。
カクス
デダ

ママは……
①
マカ テル
ハ○○ー○○！
ト ミル
パパは……
②
サ
イ イ
○ー○○○ューに
ー ヤゴしよう。
チ ツ
フワァ〜
④
ハ シマ
ハ○○○○！
カツツカ
チグ ッ
プ
ぼくは……
⑤
ハ テ
お○○ま○○○！
アミ ートー
ラ メズ
ン
きらりんは……

＊トロッコの なやみごと＊

＊ゆめ見《み》て ジャンプ!?＊

＊そのころ のんのん号《ごう》は…＊

＊ミニミニコースターで…＊

2　とび出《だ》した　ジェットコースター

「ゆうえんちって　楽《たの》しいな、
楽《たの》しいな、楽《たの》しいな〜」

大《だい》こうふんの　のんのんと
きらりんの　よこで、
パパが　ぐったりしています。

「こんなに　うごいたのは
ひさしぶりだよ……」

それを　見《み》ていた
おばあちゃんは、ニヤッと
わらって　いいました。

「つぎは　アドベンチャー
コースターに　のりましょ！」

「うわぁい！　やったぁ！」
のんのんは　大《おお》よろこびです。

「きらりんも　のれる？」

「おとなが　いっしょなら　だいじょうぶだよ」

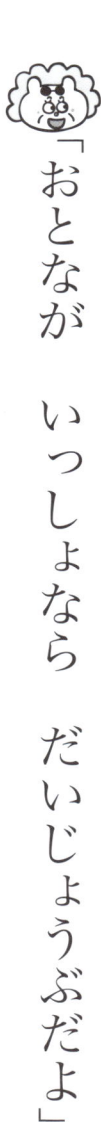

アドベンチャーコースターは、ジェットコースターに
のりながら、ジャングルや 海《うみ》、
おばけやしきなどを たんけんする、
一番人《いちばんにん》気《き》の アトラクションです。

「チケットヲ ハイケンシマス」

ロボットに チケットを 見《み》せて、
アドベンチャーコースターののりばに むかいます。

「一番前《いちばんまえ》が 空《あ》いてる！ ここに しようよ」

のんのんは、　きらりんと
おばあちゃんと　いっしょに
一番前《いちばんまえ》の　コースターに　のりました。

「こんにちは、　ジェットコースターさん」

「やあ！　ぼくは　ジェットコースターの　アオ！
きょうは　とっても　わくわくしてるんだ」

青《あお》い　色《いろ》を　した　元気《げんき》で　かわいい、
男《おとこ》の子《こ》の　ジェットコースターです。

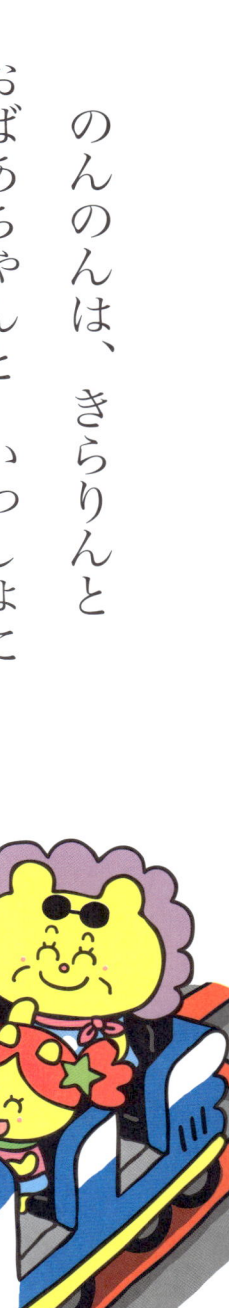

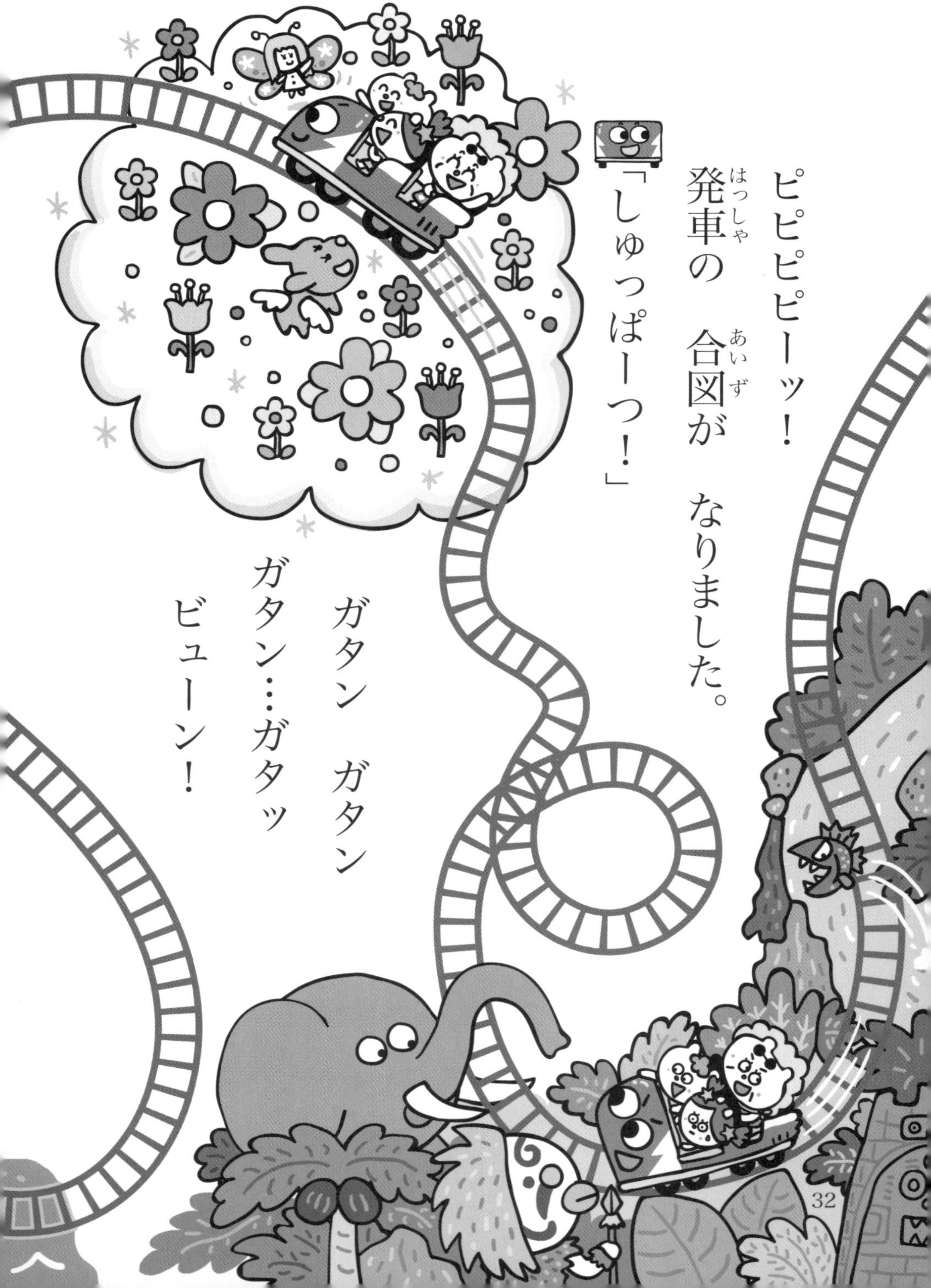

ピピピピーッ！
発車《はっしゃ》の　合図《あいず》が　なりました。
「しゅっぱーつ！」

ガタン　ガタン
ガタン…ガタッ
ビューン！

ジェットコースターが
すべっていきます。
「うひゃー！」

アドベンチャーコースター de《で》 あそぼ！
〜火《ひ》の 玉《たま》を つかまえろ！〜

のんのんたちの ジェットコースターは おばけやしきゾーンに 入《はい》りました。ゴールまで 行《い》く ルートは、A《エー》・B《ビー》・C《シー》の ３つ。火《ひ》の 玉《たま》を 一番《いちばん》多《おお》く つかまえるには、どの ルートで 行《い》けば いいかな？

※答《こた》えは 93ページに あるよ。
※かさなっている ところも 通《とお》れるよ。

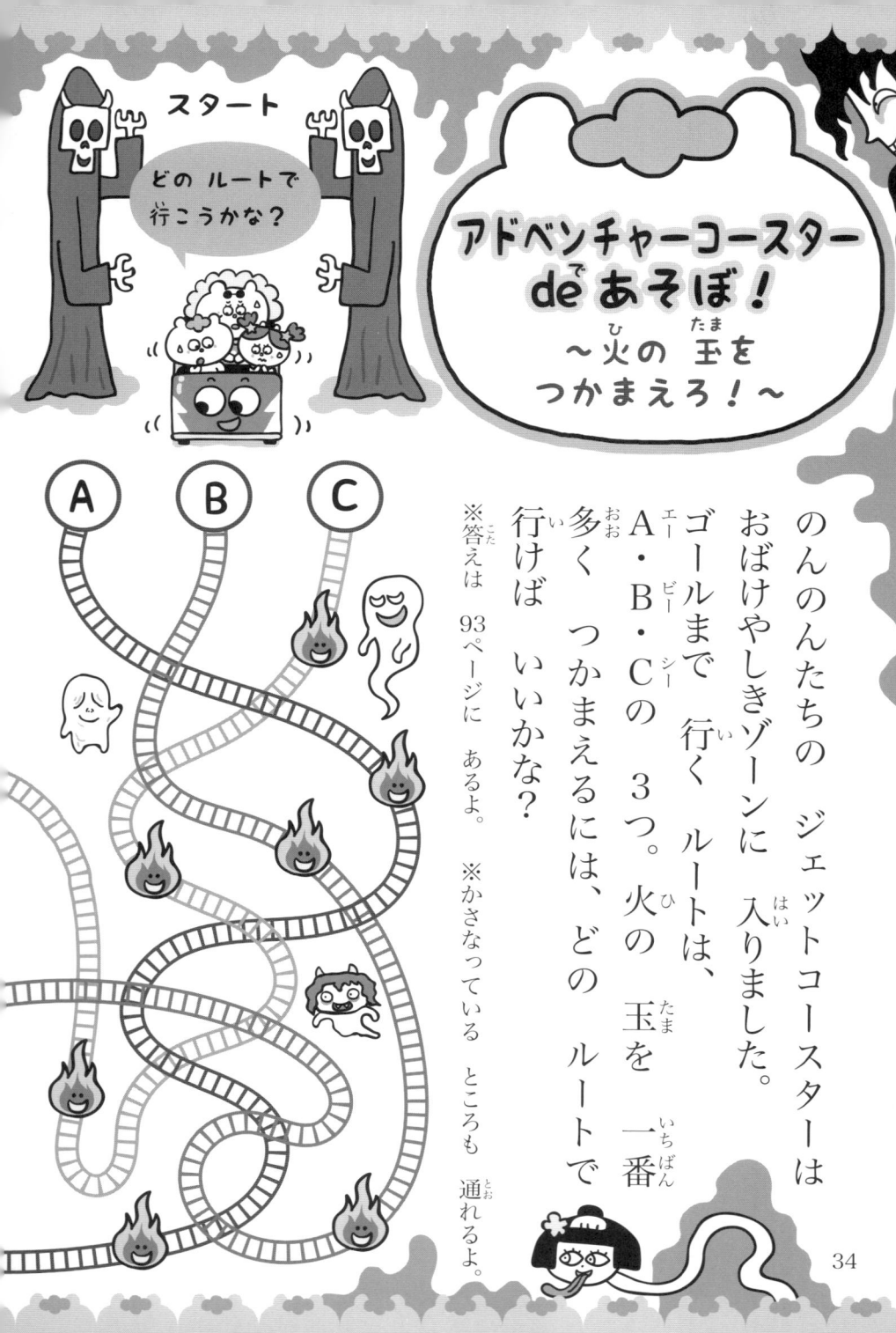

ゴール
あ〜こわかった!

のんのんたちが　のった　ジェットコースターは、
ぐんぐん　かけぬけていきます。

「わわわ！　はやい、はやい！」

「ちょっと　ちょっと　アオさん！
スピードの　出《だ》しすぎじゃ　ないかねえ！」

「だいじょうぶだよ！　さあ、もっと　行《い》くよー！」

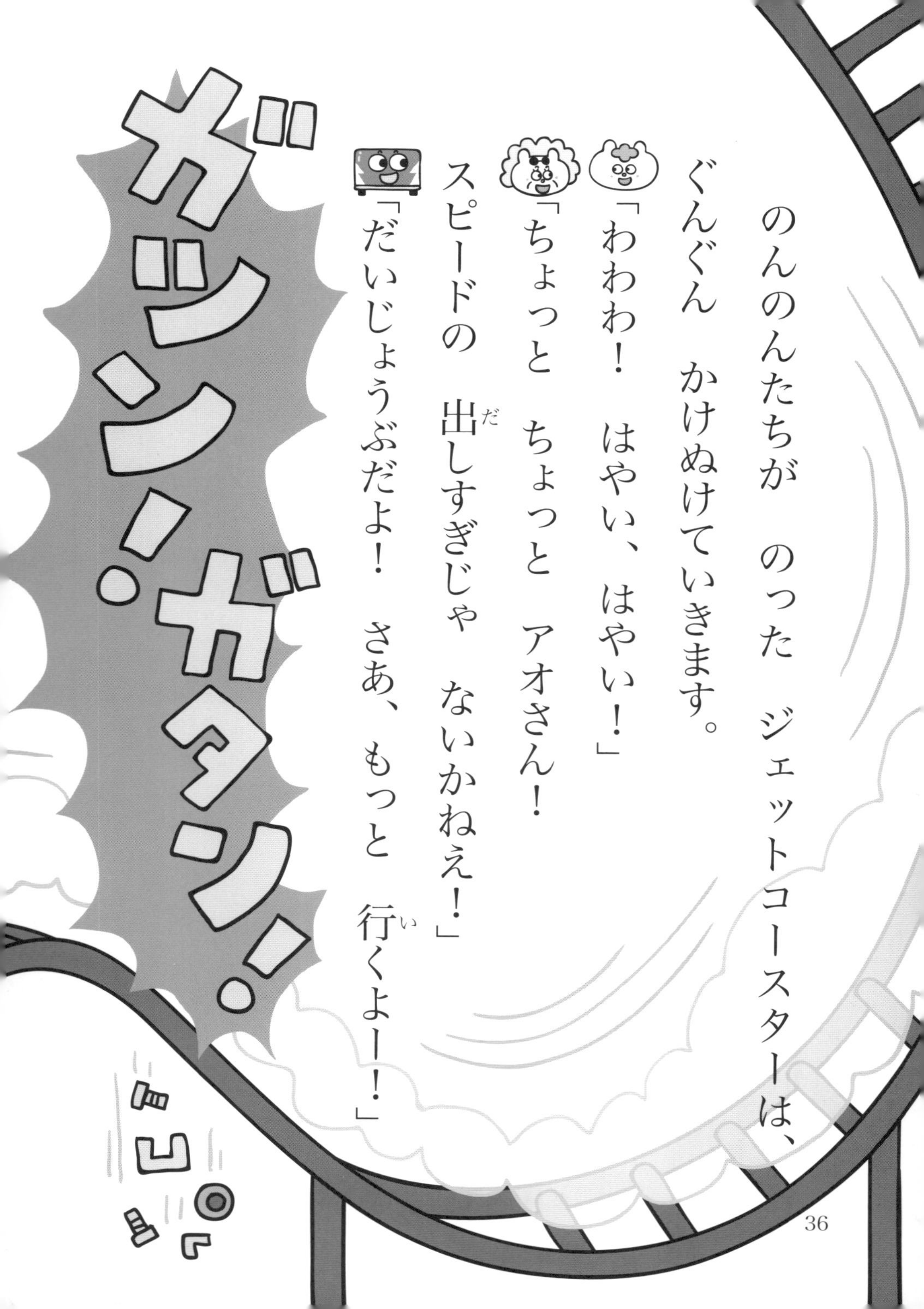

「きゃあ！」

大《おお》きな　音《おと》が　したかと　思《おも》うと、
のんのんたちが　のった
ジェットコースターは、
レールを　はずれて
とび出《だ》しました！

ビューン！

「うひゃー！　ジャンプしてる〜」

ドッシーン！

「どこに　ついたの？」

「あいたたた……ありゃま。ここはアドベンチャーコースターの外《そと》じゃないかい!?」

「やったぜー！　ついに　自由《じゆう》だ！」

そういうと、ジェットコースターの
アオくんは　ゆうえんちの　中《なか》を
走《はし》り出《だ》しました。
「わーい！」
「うわあ！　すごい　すごい！」
ゆうえんちの　キラキラ通《どお》りを
かけぬけて、のんのんと　きらりんは　大《だい》こうふん。
おばあちゃんは　ハラハラです。
「いったい　どこに　行《い》くんだい!?」

アオくんと かけぬける！

～ぴったり合《あ》う 形《かたち》は どれ？～

アオくんたちが　かけぬけた　あとには　いろいろな　ものが　ちらばって　いるよ。当《あ》てはまる　形《かたち》を　から　見《み》つけて、元《もと》の　ばしょに　もどそう！

※答《こた》えは　93ページに　あるよ。

● 「あ」～「か」の 形《かたち》は、上《うえ》の①～⑥の どこに

「わあ、どの　のりものも　おもしろそうだね。
おいしそうな　食《た》べものも　たくさん！」
ジェットコースターの　アオくんは
キョロキョロして　楽《たの》しそうです。
「アドベンチャーコースターって
こんな　ところも　通《とお》るんだねえ」
「ちょっとまって、のんのん……」
おばあちゃんが　なにか　いおうと　したとき、
とつぜん　アオくんが　さけびました。

「あっ！　ぼく　あれに　のりたい！」
そう　いったかと　思《おも》うと、
ピョーンと　ジャンプ！
アオくんは　のんのんたちを　のせて、
空中《くうちゅう》ブランコに　とびのりました。

「わーい、すごいぞ！」
アオくんは　うれしそうです。

「ジェットコースターに　のれて、
ほかの　のりものにも　のれて、ああ　楽《たの》しい〜」

「きらりん、アオくん　大《だい》すき！」

のんのんと　きらりんは
目《め》を　キラキラさせています。

「ぼくも　楽《たの》しい！

じゃあ、つぎは……」

「ちょ、ちょっと　まっておくれ！」
おばあちゃんが　あわてて
いいました。

「たしかに　楽《たの》しいけどさ、これは　アドベンチャー
コースターの　ルートじゃないよね？
いったい、どういうことだい？」

「ええっ、ちがうの？」
アドベンチャーコースターの　ルートだとばかり
思《おも》っていた　のんのんと　きらりんは　びっくり。

「うん……。……じつは……ぼく……」
ぴたっと　止《と》まった　アオくんは、

うつむいて　いいました。

「ぼく、いつも　アドベンチャー
コースターから　ゆうえんちを
見《み》ているだけなの。
見《み》ていると　すごく　楽《たの》しそうで、
一度《いちど》で　いいから、ぼくも
みんなと　いっしょに　ゆうえんちで
あそんでみたかったんだ……」

「なるほどねえ……」

「おばあちゃん。それならさ、ぼくらで
その　ねがいを　かなえて　あげようよ」

「そうだね、ここは　ちょいと　※目《め》を　つむって、
みんなで　思《おも》いっきり　あそぼうかね」

「ほんとうに!?　うれしい!」

「やったー!」

のんのんたちは　さっそく　どれに　のるか
そうだんを　はじめました。

※〔目《め》をつむる〕おこらずに見《み》のがすこと。

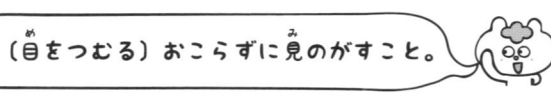

＊ウォーターコースター！＊

＊メリーゴーランド！＊

「わあ、とんでる！」
ウォーターコースターから　はじきとばされた
アオくんたちは、ヒューンと　とんで、
あるところに　ちゃくりく※しました。
「ここは　どんな　アトラクションかね」
「いろんな　ところに　道《みち》が　つづいてるねえ」
のんのんたちが　うろうろしていると、
うしろから　とつぜん　声《こえ》が　しました。
小《ちい》さな　おじいさんです。

※〔ちゃくりく〕地《じ》めんにつくこと。

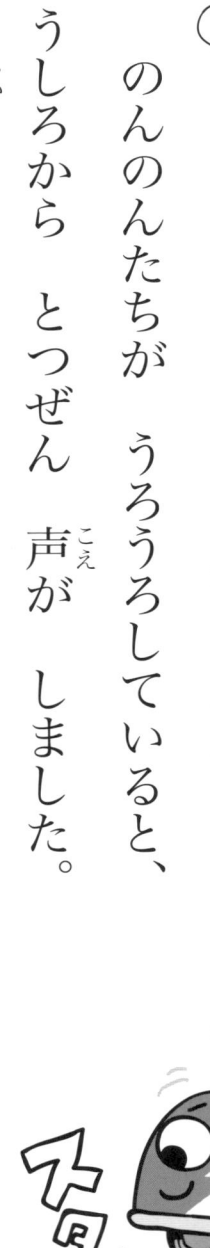

※〔むやみ〕あと先《さき》考《かんが》えずにうごくこと。

「あまり　むやみ※に　うごかないほうが　いいぞ。
ここは　この　ゆうえんちで　一番《いちばん》　むずかしい、
〝きょだいめいろ〟の　中《なか》じゃからな……」

「きょだいめいろ？」

のんのんたちが　ぽかんと　していると、
アオくんが　ぶるぶる　ふるえだしました。

「……きょだいめいろって、
入《はい》ったら　二度《にど》と　出《で》られないという、
あの　めいろ……!?」

3　きょだいめいろで　大《だい》パニック!?

「そう、ここは　あの　きょだいめいろの　中《なか》じゃ」

のんのんと　きらりんと

おばあちゃんは　首《くび》を　かしげました。

「いったい　どんな　めいろ　なんだい?」

おばあちゃんが　きくと、アオくんは

ゆっくりと　話《はな》しはじめました。

「ぼくも　聞《き》いた　うわさなんだけどね……。
この　ゆうえんちを　作《つく》った　ランドさんは、
いたずらが　大《だい》すきな　人《ひと》で、
とくに　この　きょだいめいろが
お気《き》に入《い》りなんだ。
それで、めいろの　中《なか》に　すみこんで、
新《あたら》しい　道《みち》を　たくさん　作《つく》ったんだって。
めいろは　どんどん　大《おお》きくなって、
出《で》るのが　むずかしく　なったんだよ」

「えっ！　それじゃあ、外《そと》に　出《で》られないってこと？」

「う、う、うわーん！　パパー！　ママー！」

きらりんが　なき出《だ》してしまいました。

「だいじょうぶさ、おばあちゃんが　ついてるよ。
さて……。まずは、ここが　どんなところか
もう少《すこ》し　知《し》っておく　ひつようが　あるね」

「それなら、わしが　いいものを　もっているぞい」

そういったのは　あの　小《ちい》さな　おじいさんです。

「ここの　めいろは　毎日《まいにち》　へんかしている。
だから　まちがっている　ところも　あるが……。
まあ、ないより　※ましじゃ。めいろの　地図《ちず》を　やろう」
おじいさんは　さらに、話《はな》しはじめました。
「ここは　思《おも》いのほか　すみごこちが　よくてのう。
しょうばいを　はじめる　やつも　いるほどじゃ。
もちろん、きんきゅうボタンも　あるのじゃが……。
今《いま》は　こしょう中《ちゅう》なんじゃ。ここに　いても
しかたがないぞ。すすめや、すすめ〜」

※〔まし〕どちらかといえばいいこと。

スタート
サカナヤヲ
トオルヨ

きょだいめいろ de《で》 あそぼ！

～ヒントをたどって 出《で》口《ぐち》を めざせ！～

おじいさんに 地図《ちず》を もらって、
めいろを すすむことに した
のんのんたち。ぶじに ゴールまで
たどりつけるかな？

※同《おな》じ道《みち》は 2回《かい》 通《とお》れないよ。

※答《こた》えは 94ページに あるよ。

コウエンハ
トオラ
ナイヨ
リンゴヲ
ヒロオウ
つぎの ページに つづくよ。

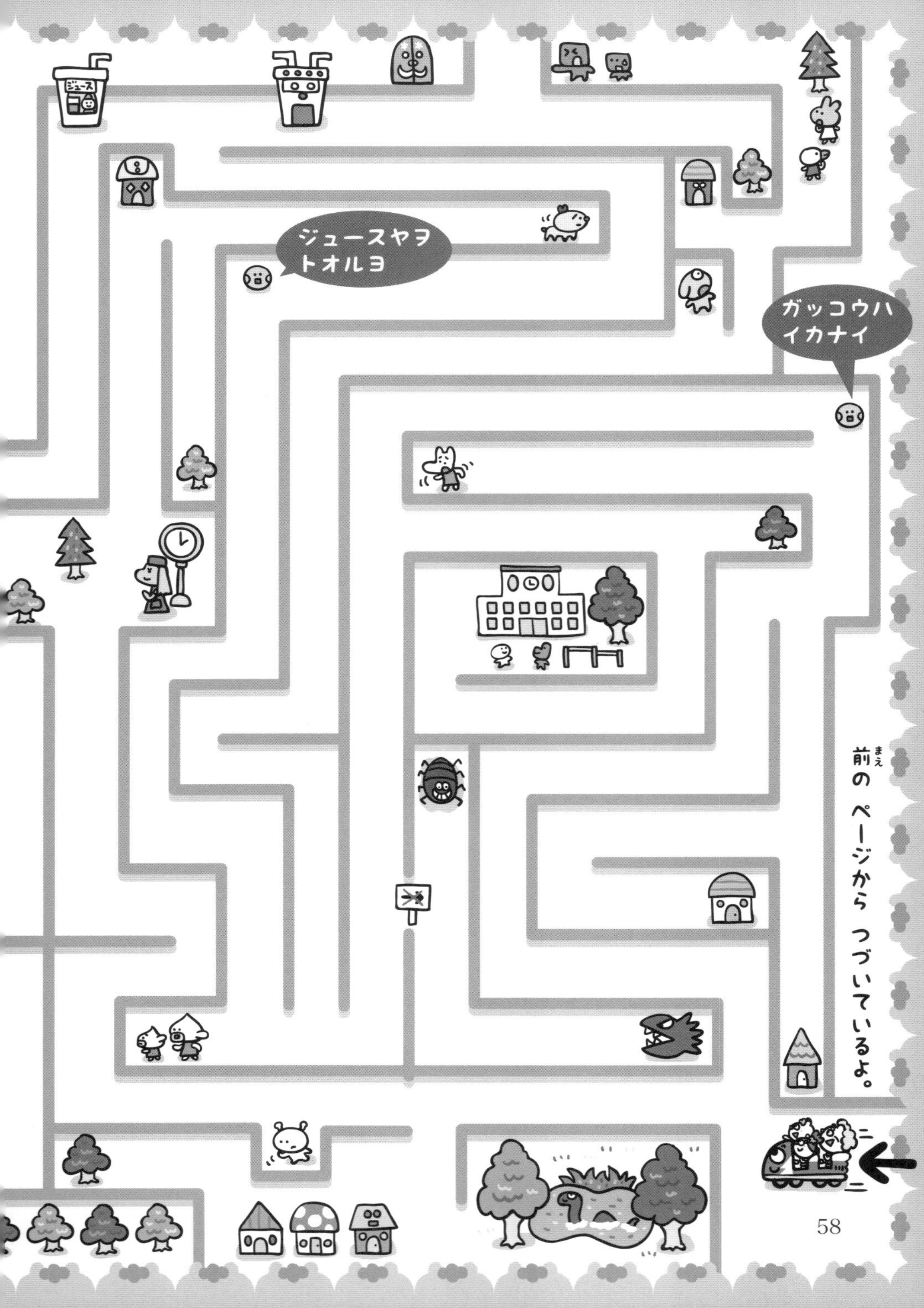
ジュース
ジュースヤヲ
トオルヨ
ガッコウハ
イカナイ

前《まえ》の ページから つづいているよ。

オトシアナニ
チュウイ！
おかし
リボン
オハナヲ
ヒロオウ
ゴール
オカシヤヲ
トオルヨ

めいろを　ぬけると、小《ちい》さな　広場《ひろば》に　出《で》ました。

「ええと、広場《ひろば》に　ついたら　赤《あか》い　星《ほし》の
あるほうに　すすむ……。おや？　見《み》当《あ》たらないね」

「ほんとうに　出《で》られるのかなあ……」

のんのんと　きらりんは、だんだん
ふあんに　なってきました。

おばあちゃんが　キョロキョロしていると、

通《とお》りかかった　人《ひと》が　いいました。
「赤《あか》い　星《ほし》は、かしの木《き》じいさんの　ところだよ。
出口《でぐち》を　さがして　いるのかい？
そうかい。がんばるんだよ」
そういうと　のんのんたちに
ドーナツを　くれました。
「わーい、ドーナツだ！」
のんのんたちは　ドーナツで
元気《げんき》に　なったようです。

かしの木《き》じいさん を めざせ！

～赤《あか》い星《ほし》は どこ？～

出口《でぐち》への　ヒントを　もらった　のんのんたち。さらなる　ヒントを　手《て》に　入《い》れる　ために、かしの木《き》じいさんを　めざして　ゴールまで　すすもう！

※同《おな》じ道《みち》は　2回《かい》　通《とお》れないよ。

※答《こた》えは　94ページに　あるよ。

ゴール

めいろを すすむと、大《おお》きな 大《おお》きな
かしの木《き》が 立《た》っていました。
木《き》の まわりには どうぶつたちが
たくさん います。
そこに 赤《あか》い 星《ほし》が かがやいていました。

「まあ、大《おお》きな 木《き》だねえ」

「かしの木《き》じいさん、こんにちは」

すると、かしの木《き》が ざわざわっと ゆれました。

「つぎの 道《みち》を どうぶつたちに 聞《き》いてくるね～」

じつは　のんのん、どうぶつたちと
話《はなし》が　できるのです。

クイズ・バクに ちょうせん！
～クイズに 答《こた》えて メダルを ゲット！～

クイズ・バクの　クイズに　答《こた》えて、出口《でぐち》に　つながる　メダルを　手《て》に入《い》れよう。１つの　クイズに　せいかいすると、メダルが　１つ　もらえるよ。

※答《こた》えは　95ページに　あるよ。

①

＊ヒント＊
夏《なつ》に 食《た》べるよ！

みかんは くだもの、きゅうりは やさい。では、「くだもの」でも あり、「やさい」でもある 食《た》べものは つぎの うち どれ？

あ スイカ　い ピーマン
う かぼちゃ

②

＊ヒント＊
前《まえ》の ページを 見《み》よう。

のんびりレストランで、おじいちゃんが 食《た》べたものは なに？

あ ハンバーガー　い カレー
う ビーフシチュー

出口《でぐち》を 通《とお》るには
さいごに この メダルが
ひつように なるバク。

③ 
NONBIRI
YUENCHI

＊ヒント＊
はっぱは ギザギザしているよ。

秋《あき》に はっぱが 赤《あか》くなるのは、つぎの うち、どの 木《き》の はっぱ？

㋐いちょう　㋑あさがお　㋒もみじ

④ 
NONBIRI
YUENCHI

＊ヒント＊
これは もう、わかるよね！

うーん…

この ゆうえんちの 名前《なまえ》は なんだっけ？

㋐ のどかゆうえんち　㋑ゆっくりゆうえんち
㋒ のんびりゆうえんち

⑤ 
NONBIRI
YUENCHI

＊ヒント＊
まるくて 小《ちい》さいよ。

なっとう、おとうふ、みそ。同《おな》じものから できているんだけど、
ざいりょうは なにか わかるかな？

㋐ だいず　㋑ ごま　㋒にく

＊さくせんかいぎ＊

＊そのころ……＊

＊わしの 出番《でばん》じゃ！＊

＊アオくんの かわり!?＊

4　アオくんの　帰《かえ》るばしょ

「もうすぐ　出口《でぐち》だよ！」

「メダルも　もらったもんね」

のんのんたちが　いそいで

先《さき》に　すすむと、

「うわっぷ！」

なにかに　ぶつかりました。

「ここまで　よく　来《き》たな。おれは　ここの　門番《もんばん》だ。

ここから　先《さき》に　すすむには　メダルいるぞ」

おそる　おそる　見上《みあ》げると、ふうせんの
ような　きょじんが　立《た》っていました。

「あの、これ……」

「おう。おまえか、にげ出《だ》した　ジェットコースター
ってのは。ふふん、やるじゃねえか」

クイズ・バクの　おまけクイズ
さかさまになると、かるくなる生《い》きものってなに？（※答《こた》えは75ページ）

めいろの 門番《もんばん》と たいけつ！

～出口《でぐち》の かぎを 手《て》に 入《い》れよう！～

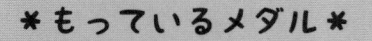

この 中《なか》から、
?に 合《あ》う
メダルを えらぼう。
メダルは ぜんぶ
つかわないよ。

「さあ、これが 出口《でぐち》までの さいごの
もんだいだ！ ?に 当《あ》てはまる
メダルが どれか わかるかな？」
クイズに 答《こた》えて、出口《でぐち》の とびらを
ひらく、かぎを 手《て》に 入《い》れよう！

※答《こた》えは 95ページに あるよ。

＊もっているメダル＊

あ 走《はし》る
い おもい
う うく
え さむい
お みじかい

すべて せいかい
したら、この
カギを わたそう。
これは「はんたいの
いみを もつことば」に
なって いるんだよ。

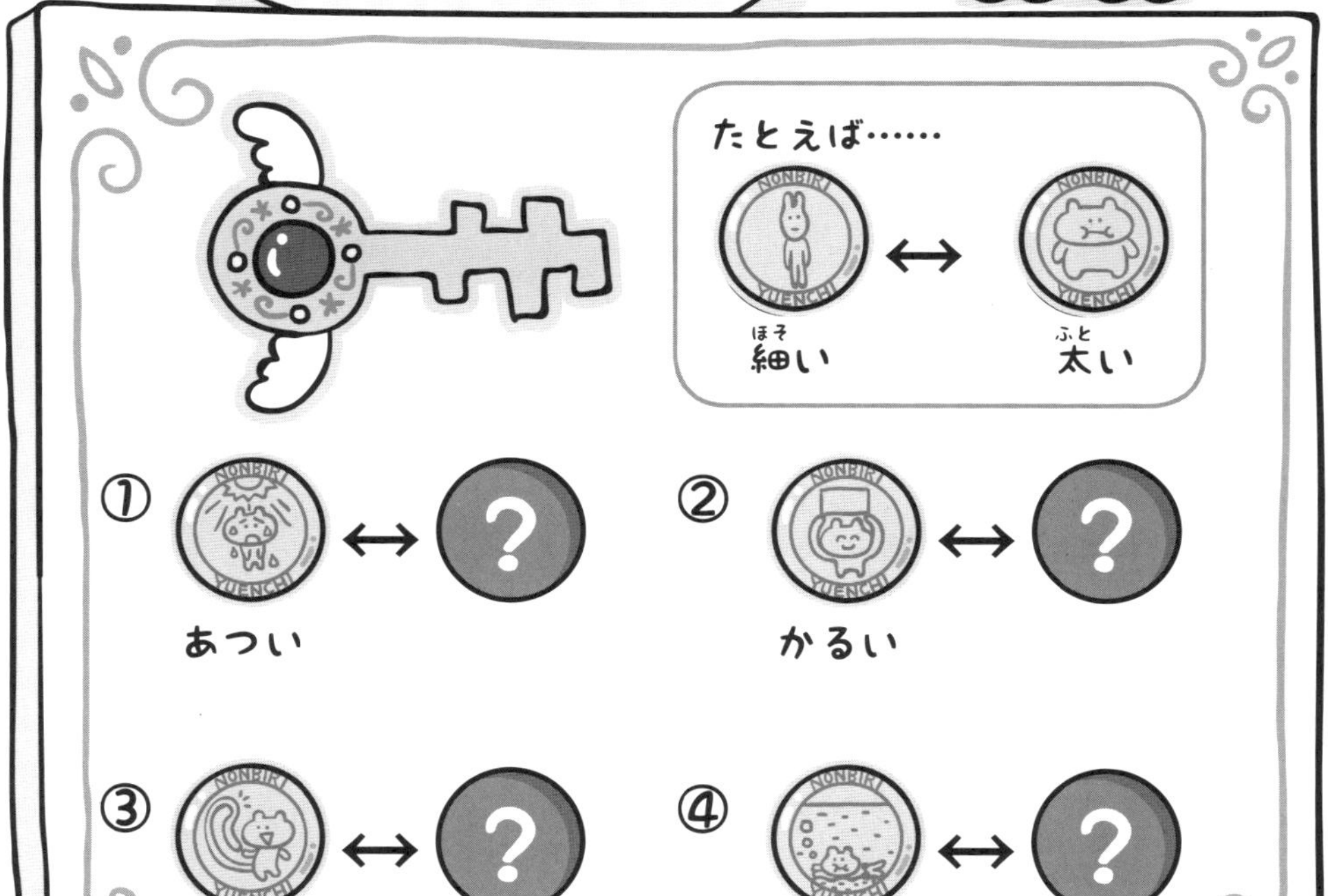
たとえば……
NONBIRI YUENCHI
細《ほそ》い
太《ふと》い
①
あつい
②
かるい
③
長《なが》い
④
しずむ

さいごの　※なんかんを　通《とお》りぬけた
のんのんたちは、出口《でぐち》へと　いそぎます。
「あの　かどを　まがると、出口《でぐち》の　はずだよ！」

やがて　大《おお》きな　アーチのある
とびらが　見《み》えてきました。

「きっと　この　かぎで　とびらが　ひらくよ！」

「きらりんが　やる！」

「みんなで　いっしょに　やろう！　せーの……」

※〔なんかん〕むずかしいところ。

かぎを 入《い》れて
まわすと、 とびらが
ゆっくり 開《ひら》きました。

「やったー！」

71ページの 答《こた》え
イルカ。 さかさまに読《よ》むと、「カルイ（かるい）」になるよ。

「のんのん！　きらりん！」
のんのんたちが　出口《でぐち》の　とびらを　出《で》ると、
しんぱいそうな　パパたちが　かけよってきました。

「パパー！　ママー！」
のんのんたちを　ぎゅっと
だきしめて、　ママが　いいました。

「みんな、　ぶじで　よかったわ！」

「おじいちゃん、　ぼくたち、　大《だい》ぼうけんしたんだよ！」

「ほほう！　あとで　ゆっくり　聞《き》かせておくれ」

のりものの　なかまも　アオくんの
まわりに　かけよってきました。

「アオくん！」
「こら、しんぱいかけて！」
「う、う、うわーん！　ごめんなさい〜！」

アオくんの　目《め》から　大《おお》つぶの　なみだが
ぽろ　ぽろ　ぽろ。
アオくんは　なきながら　とびだした　わけを
みんなに　話《はな》しました。

クイズ・バクの　おまけクイズ
せかいのまん中《なか》にいる虫《むし》はなんだ？（※答《こた》えは79ページ）

「それで、アオは　どうするんだい？」
アトラクションコースターの　リーダー、
レッドくんが　たずねました。

「……ぼく、ジェットコースターに　もどる。
ゆうえんちで　あそべて　楽《たの》しかったけど、
ぼくら　それぞれの　のりものが
がんばっているから、
みんなが　楽《たの》しめるんだもんね」
アオくんは　えがおで　いいました。

「うん、みんなの　おかげで　すごく　楽《たの》しかった〜」

「きらりんも！」

「のんのんたち、ありがとう。
また　あそびに　来《き》てね」

「うん。ぜったいに　また　あそぼうね！」

「すばらしいっ！」

のんのんたちが　ふりむくと、
めいろで　会《あ》った　小《ちい》さな　おじいさんが　いました。

77ページの 答《こた》え　か（蚊《か》）。「せ・か・い」のまん中《なか》だからね！

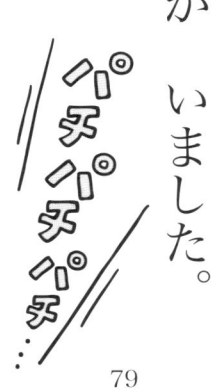

「みんなで　いっしょに　もんだいを　のりこえる。
これこそ、きょだいめいろの　楽《たの》しみ方《かた》じゃなあ」

ぽかんと　している　のんのんたちに
おじいさんは　いいました。

「おほん。じつは、わしは　この　ゆうえんちを
作《つく》った　ランドじゃ。きょうは　とくべつに
アオくんたちも　パレードに　さんかしておくれ」

※（バージョン）べつな形《かたち》にしたもの。

「まあ、すてきじゃないか！」

「それなら、アオの　かわりを　してくれた
のんのん号《ごう》も　いっしょに　さんかしようよ」

ジェットコースターの　キイロちゃんが
いいました。

「ウヒャア！　ウレシイ！」

「よーし、そうしたら　のんのん号《ごう》を
とくべつ※バージョンに　へんしんさせるぞ！」

クイズ・バクの　おまけクイズ

つかう前《まえ》にかならず切《き》るのに、細切《こまぎ》れにならないものはなに？（※答《こた》えは83ページ）

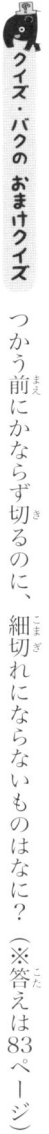

※〔かいぞう〕作《つく》りかえること。

ウィーン　ガチャガチャ　ガッシャン！
パパは　あっという間《ま》に
のんのん号《ごう》を　かいぞう※してしまいました。
「できたぞ。スイッチ　オン！」
キラキラ　ピカーン！
新《あたら》しい　のんのん号《ごう》は　ピカピカした
かざりが　ついて、とっても　きれいです。

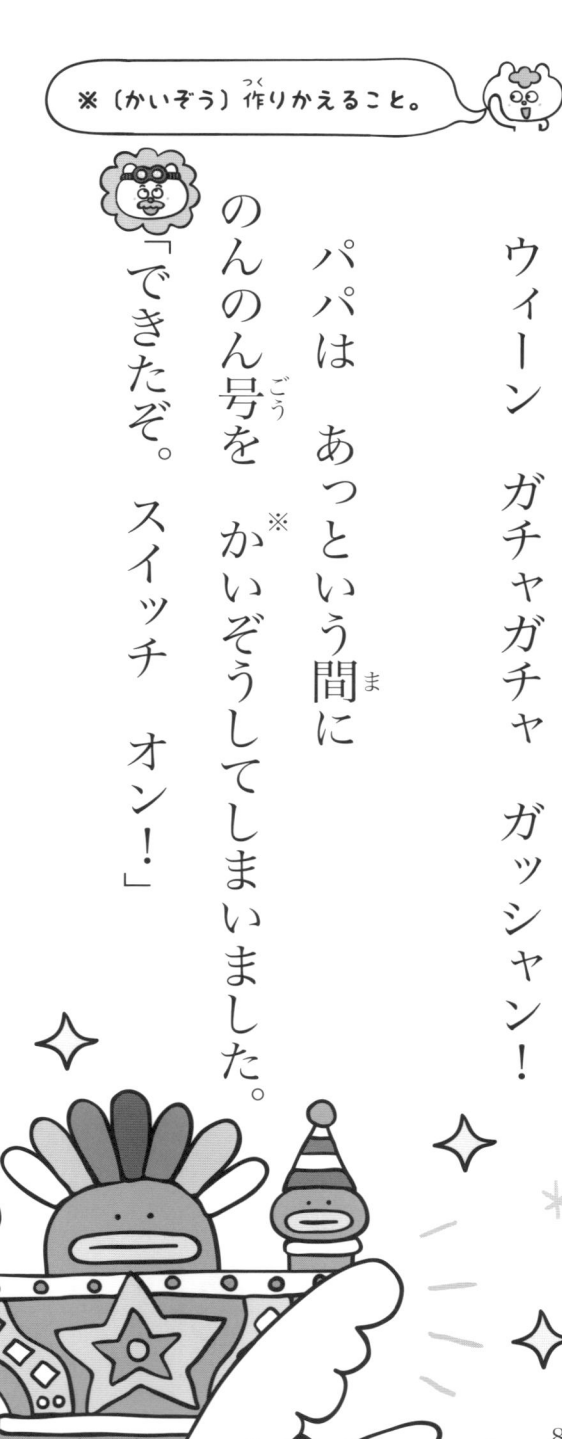

「うわあ、すごい！」
「いいなあ、ぼくらも キラキラしたい〜」
ジェットコースターたちが さわいでいると、
こんどは のんのんママが いいました。
「よーし、ママに まかせて！」
ぺろ ぺろ りーん

81ページの 答《こた》え

トランプ。あそぶ前《まえ》にカードを切《き》るけど、細切《こまぎ》れにはならないよね！

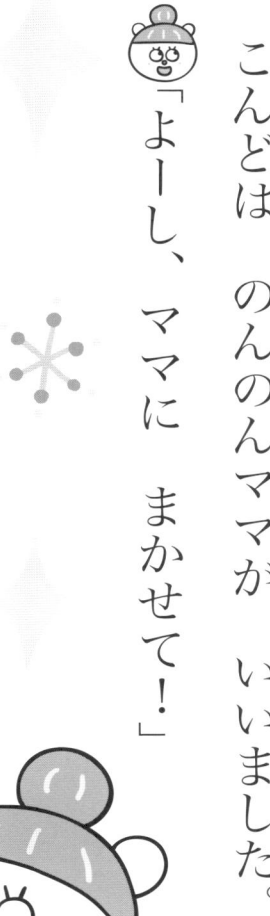

ママが　くるっと　人《ひと》さしゆびを　ふると、
まあ　ふしぎ！
売店《ばいてん》の　ソフトクリームや　ドーナツ、
ポップコーンが　キラキラした
かざりに　なりました。
「うわあ！　きれい！」
「やったあ！」
みんな　大《おお》よろこびです。

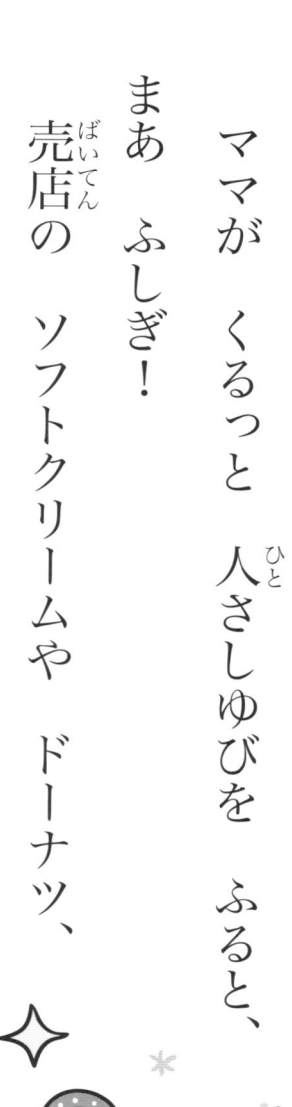

パッ　パラ　パラパラ　パラララ〜♪

夜《よる》に　なりました。

ラッパの　音《おと》が　鳴《な》りひびくと、池《いけ》の
むこうから　パレードが　やってきました。

きらりんが　目《め》を　かがやかせて　いいました。

「あっ！　あそこに　アオくんが　いるよ」
「のんのん号《ごう》も　いるね！」

キラキラパレード de《で》 みつけ！

～池《いけ》に うつった まちがいさがし～

キラキラパレードが 池《いけ》に うつっているよ。２つの 絵《え》を 見《み》ると……あれ、どこか へん？ ちがう ところを ７つ 見《み》つけてね。

※答《こた》えは 95ページに あるよ。

※後《うし》ろの 色《いろ》の ちがいは まちがいに 入《はい》らないよ。

「みずうみに　キラキラが　うつって　きれいね」
「のりものたちが　大《だい》しゅうごうだ～」
のんのんたちは　うっとりと　しています。

「きょうは　楽《たの》しい　一日《いちにち》だったねえ。
いくつに　なっても　ドキドキ　わくわくは
わすれちゃ　いけないね」
おばあちゃんが　パレードを　見《み》ながら
しあわせそうに　つぶやきました。

（おしまい）

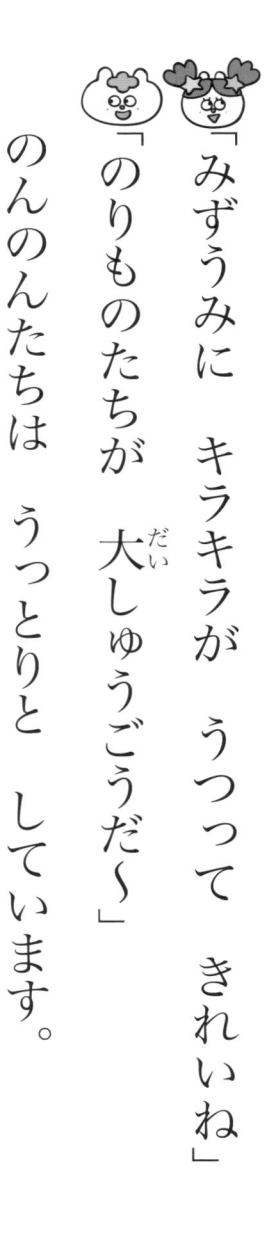

ゆかいな のんびり町《まち》新聞《しんぶん》

◇月《がつ》◎日《にち》（花《はな》ようび）
きょうの 天気《てんき》 くもり

のんびりゆうえんちを 作《つく》った ランドさんインタビュー！

のんびり町《まち》の みんなにも 大《だい》人気《にんき》の「のんびりゆうえんち」を作《つく》った、ランドさんに とつげきインタビュー！

▼わしが ここを 作《つく》ったのは、ゆうえんちが 大《だい》すきだからじゃ！ ゆうえんちに すめたら しあわせだなあと 思《おも》ったんじゃよ。それに、みんなを あっと おどろかせたり、楽《たの》しませたりするのも大《だい》すきじゃ！ 中《なか》でも「きょだいめいろ」は わしの さいこうけっさくでなあ。今《いま》では、同《おな》じ気《き》もちの なかまたちと、めいろの 中《なか》に 町《まち》を 作《つく》って 楽《たの》しくくらしているんじゃ。

▼今回《こんかい》、ゆうえんちで ちょっとした さわぎが あってのう。わしが きょだいめいろに むちゅうに なる あまり、はたらいている のりものたちの ことを考《かん》えていなかったと はんせい中《ちゅう》じゃ。これからは もっと、みんなが しあわせに なる ゆうえんちに する つもりじゃ！

町長《ちょうちょう》の のんびりだより

▼しょくよくの 秋《あき》、どくしょの秋《あき》、そして あそびの 秋《あき》！ のんびり町《まち》の みなさんは どんな秋《あき》を おすごしだろうか。▼先《せん》日《じつ》、わだいの「のんびりゆうえんち」へ 行《い》ってきた。さまざまな アトラクションが あって、なかなか 楽《たの》しい ばしょだ。ソフトクリームが おいしかった。

▼ゆうえんちで アクシデントがおきたようだが、その おかげで、ますます 人気《にんき》が出《で》ているという。ぜひ、行《い》ってみてほしい。

ぼくらも あそべるよ！ 〜のりものたちの 休日《きゅうじつ》〜

えっ！「のんびりゆうえんち」で じけん!? ▼人気《にんき》スポット アトラクション「のんびりゆうえんち」で アトラクションコースターの アオくんが ルートを とび出《だ》す じけんが おきた。毎《まい》日《にち》 いっしょうけんめい ルートを 走《はし》って いるけれど、一度《いちど》も ゆうえんちで あそんだことが なく、思《おも》わず とび出《だ》してしまったそうだ。▼アオくんに のって いた、わが町《まち》の のんのんと きらりん、おばあちゃんも いっしょに「きょだいめいろ」に まよいこむという じけんが おきたが、力《ちから》を 合《あ》わせて めいろを だっしゅつし、じけんは ぶじ かいけつ。▼この じけんを きっかけに、「のんびりゆうえんち」では、ゆうえんちの てい休日《きゅうび》の ほかに、のりものたちが こうたいで 休《やす》んで、ゆうえんちで 自由《じゆう》に あそべるように なったそうだ。▼ちなみに、休日《きゅうじつ》を 楽《たの》しんで いる のりものたちに 出《で》会《あ》ったら、いっしょに しゃしんを とるのが ちょっとした ブームなのだとか。

おまけの みつけ あそび

のんびり ゆうえんちの ひみつ!?

●おまけみつけ その1

きょだいめいろには、じつは スタッフせんようの ドアが あって、自由《じゆう》に 出入《でい》りできるんだ。この 本《ほん》の どこかに、ドアが あるんだけど、わかるかな？

▲このドアが どこかに!?

●おまけみつけ その2

『のんのんかぞくの 夏《なつ》まつり』に 出《で》てきた、メンバーが この本《ほん》の 中《なか》に いるよ！ わかるかな？

▲せかせか

▲ざわざわ

▲ぴこん

あそびページの答《こた》え

○が 答《こた》えだよ。見《み》つけられたかな？

●18・19ページ　みつけあそび

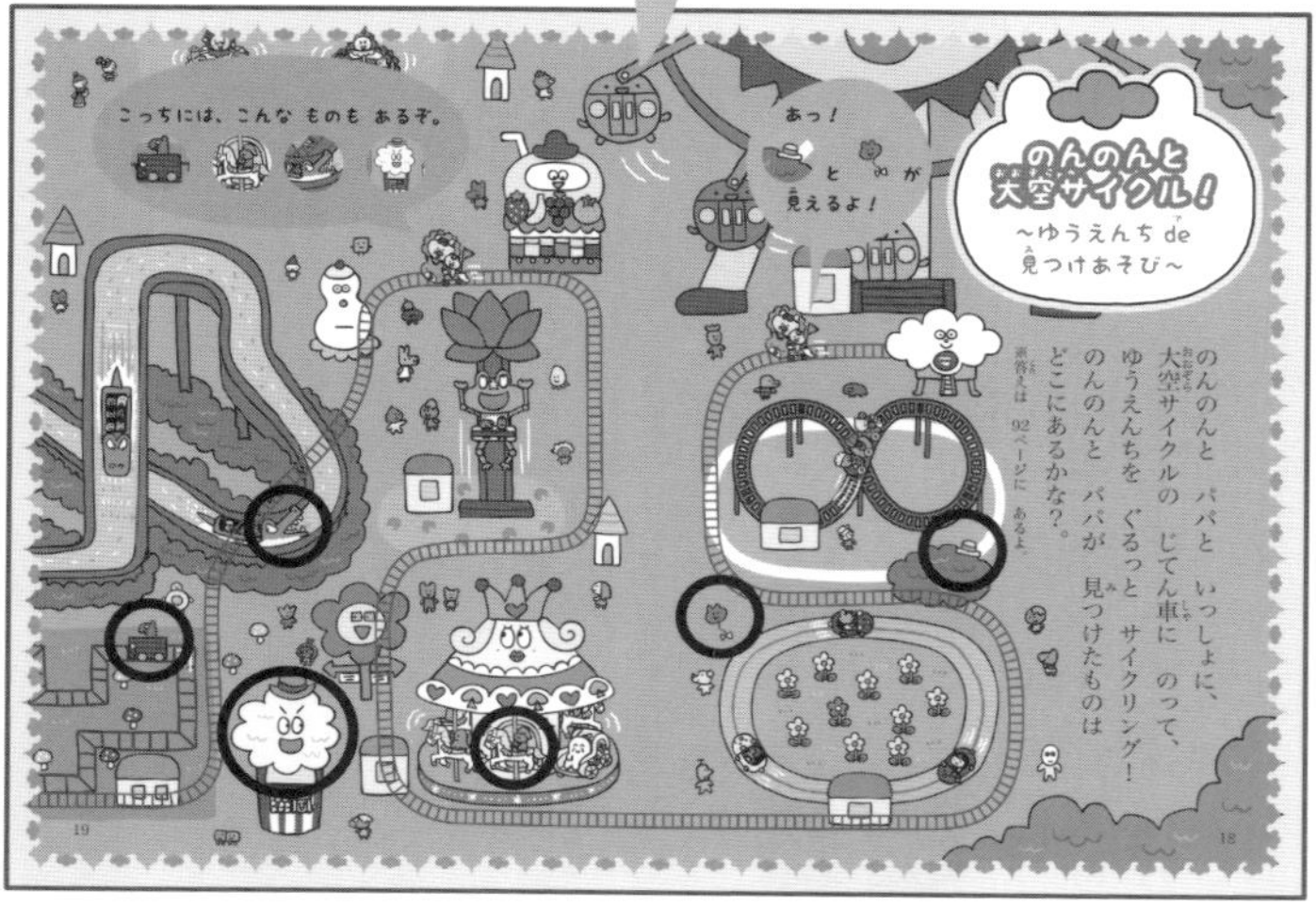

●20・21ページ　みつけあそび

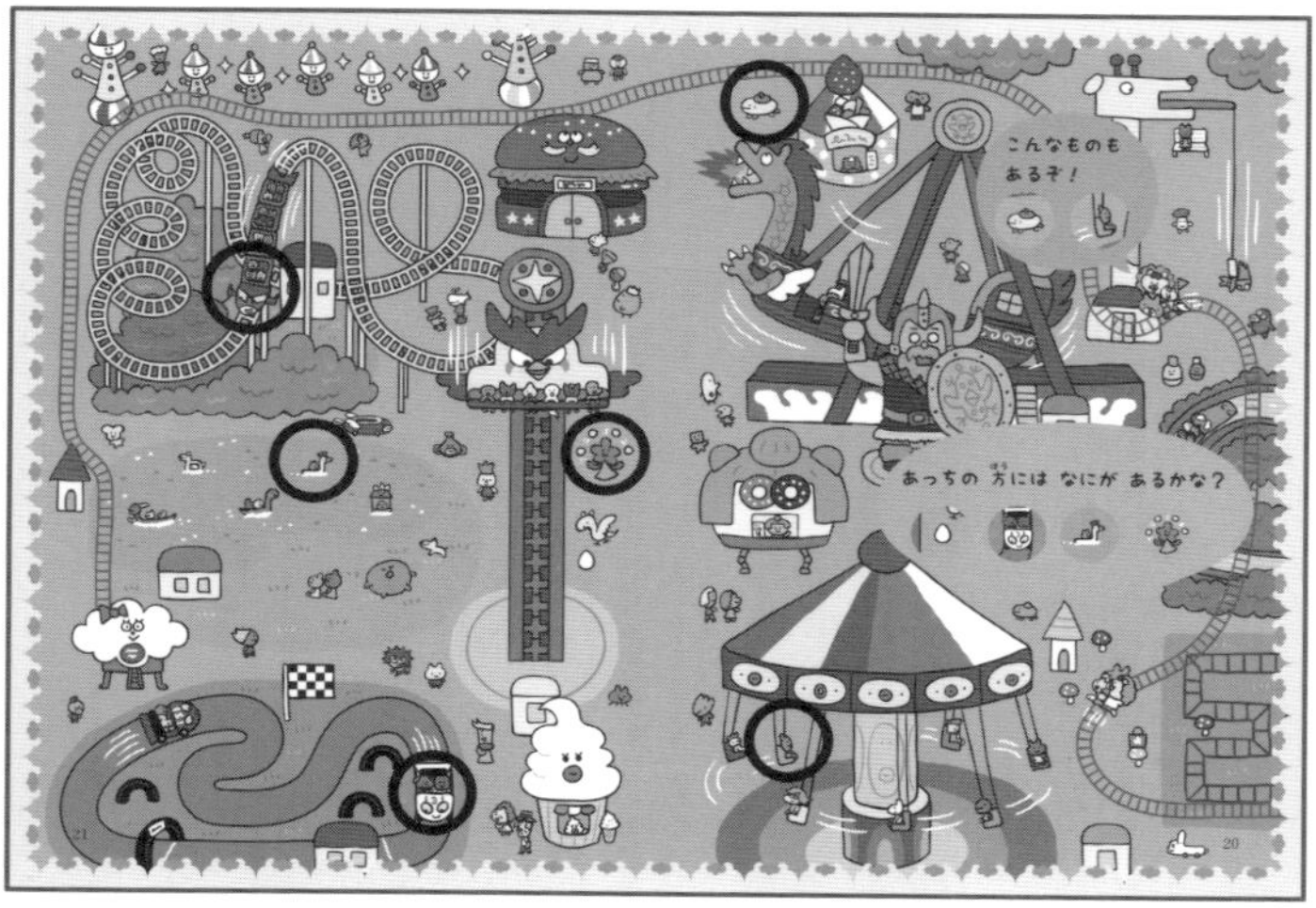

●24・25ページ　ことばあそび

① ハンバーガー　④ ハンバーグ

② ビーフシチュー　⑤ おこさまランチ

③ カレー　⑥ オムライス

答《こた》えは C《シー》。火《ひ》の 玉《たま》は ぜんぶで 8こだよ。

●34・35ページ ルート当《あ》てあそび

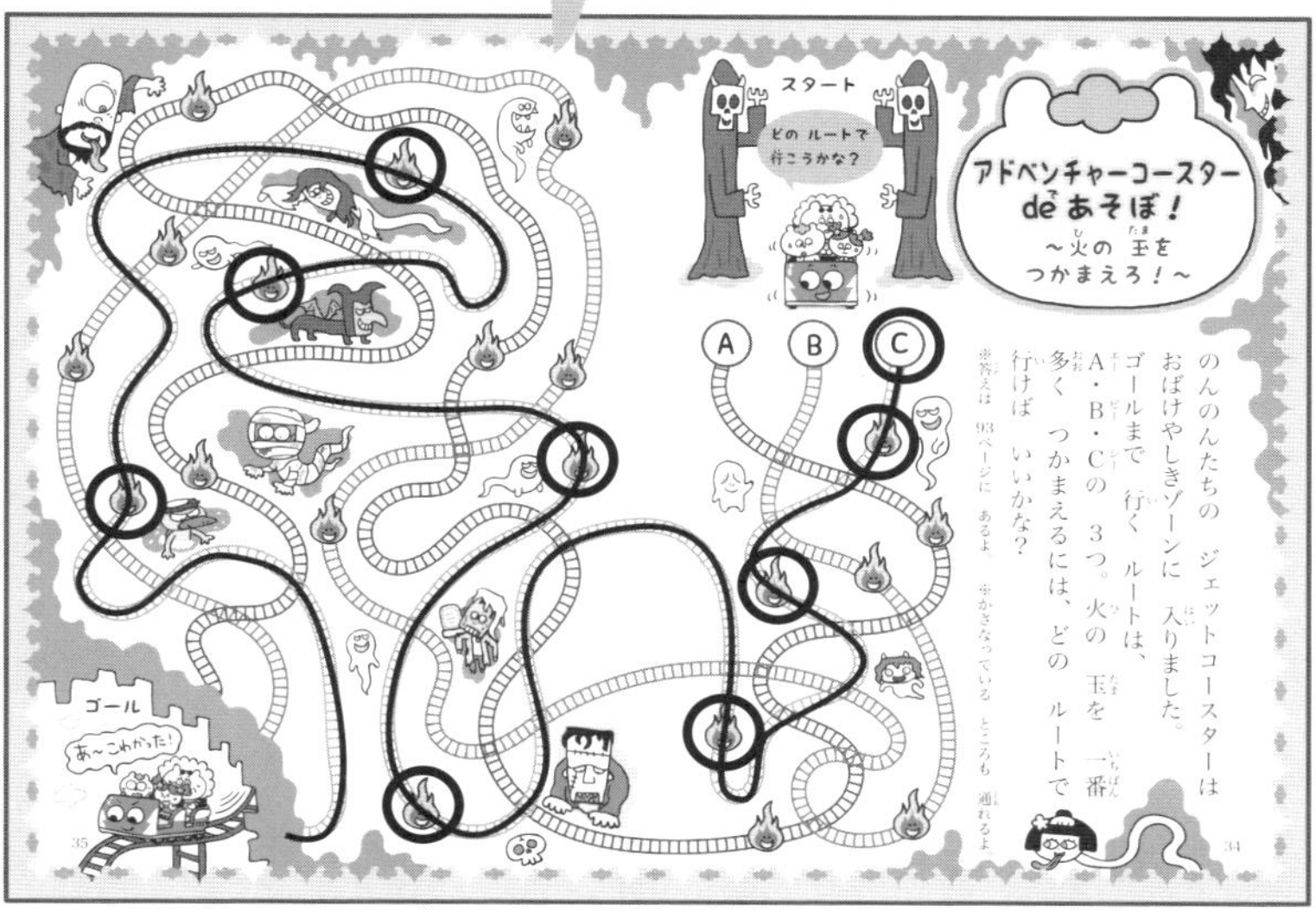

●40・41ページ 形《かたち》あてあそび

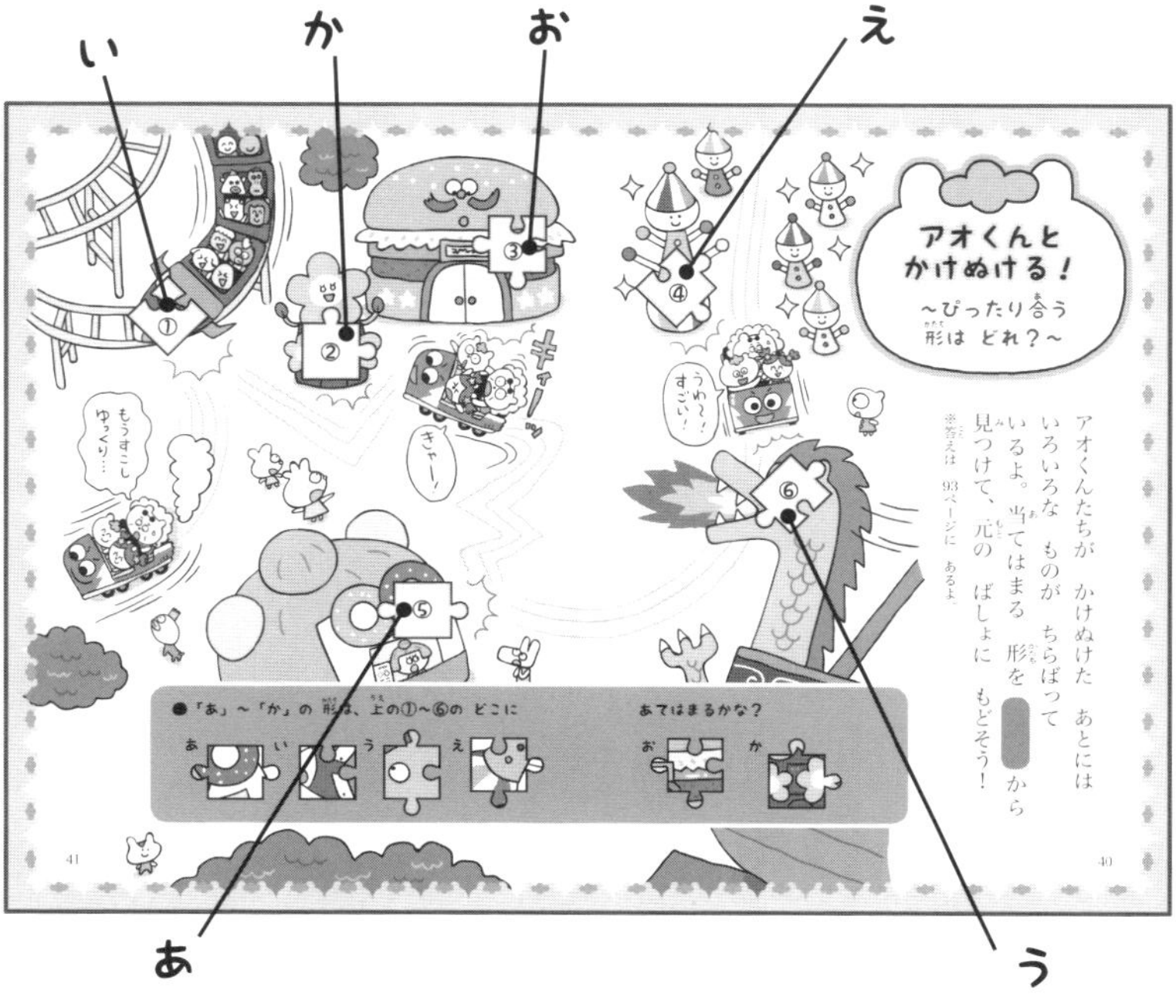

――が 答《こた》えだよ。わかったかな？

●56・57ページ めいろあそび

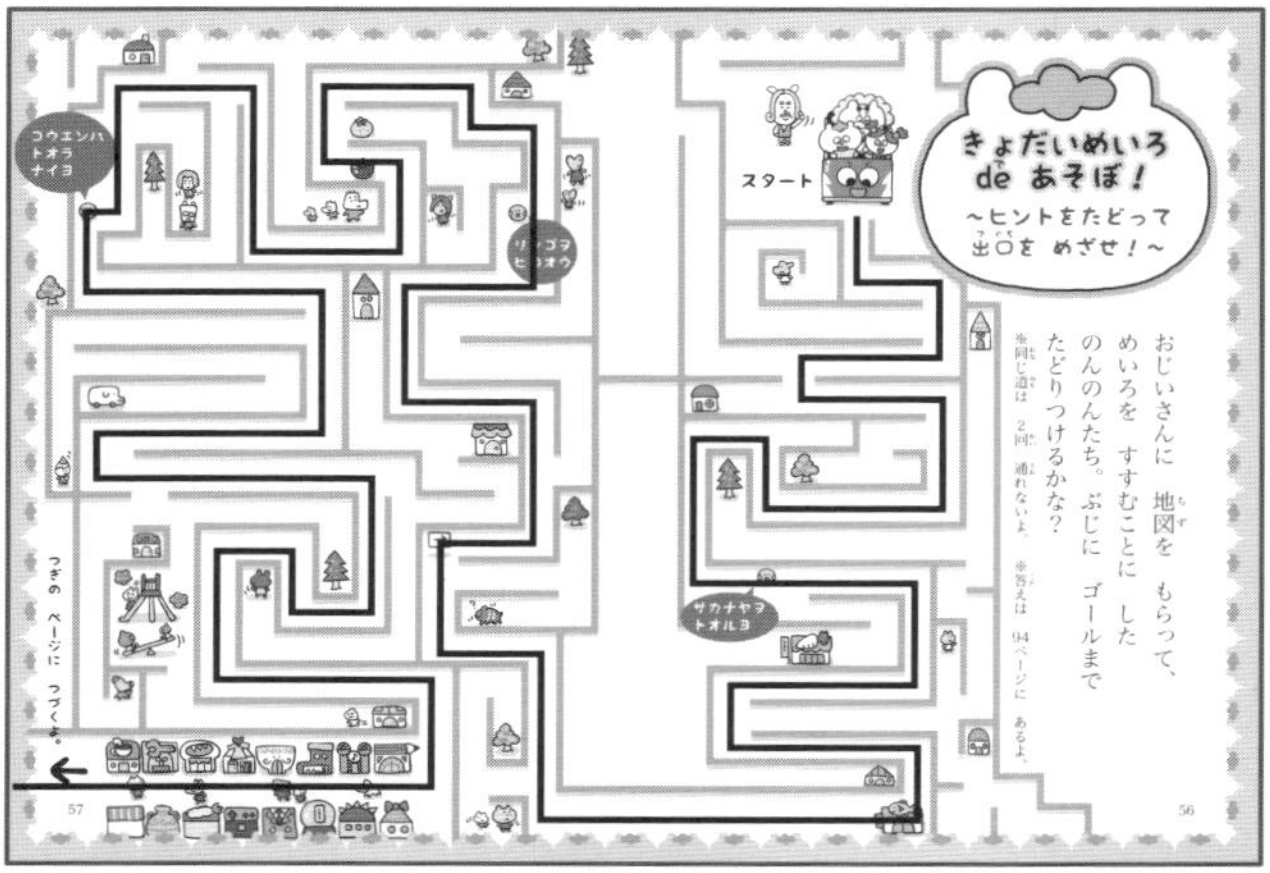

●58・59ページ めいろあそび

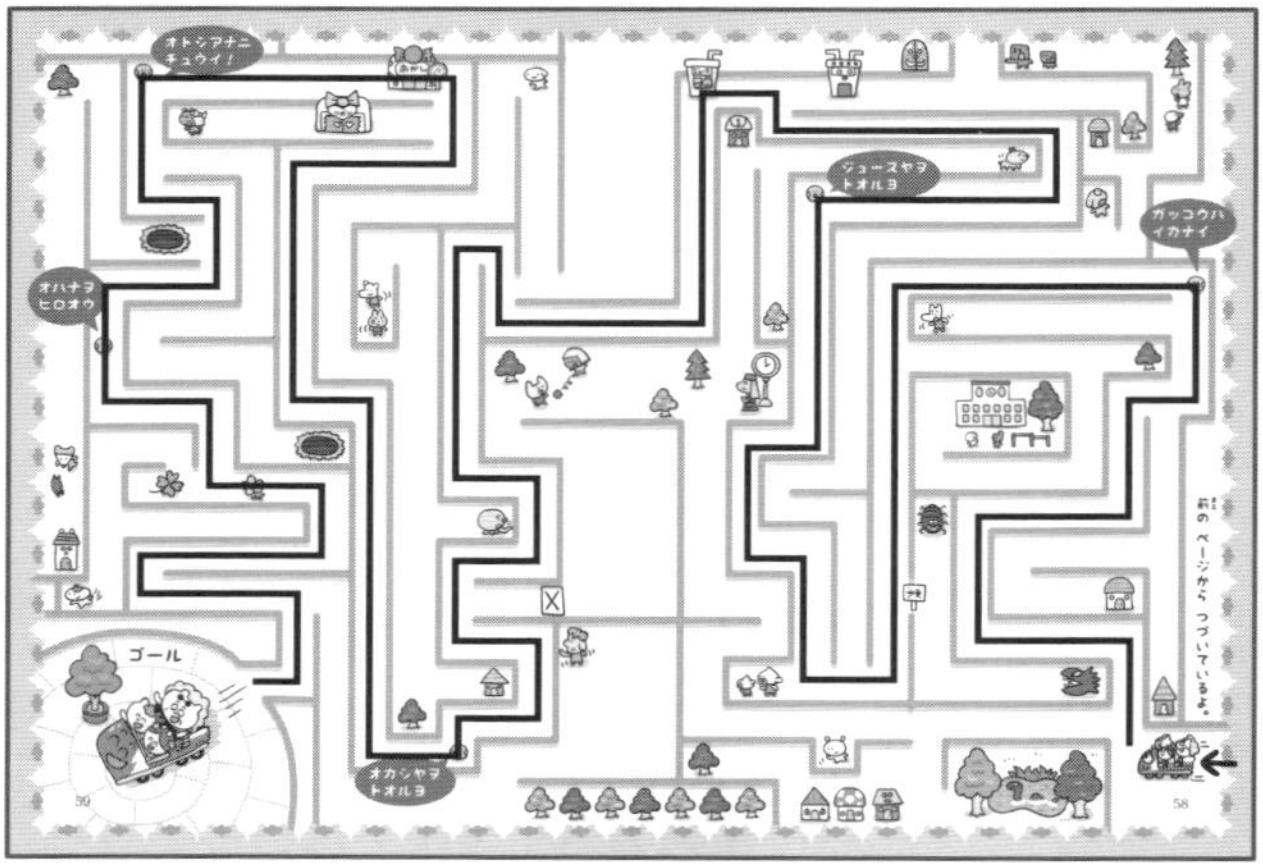

●62・63ページ めいろあそび

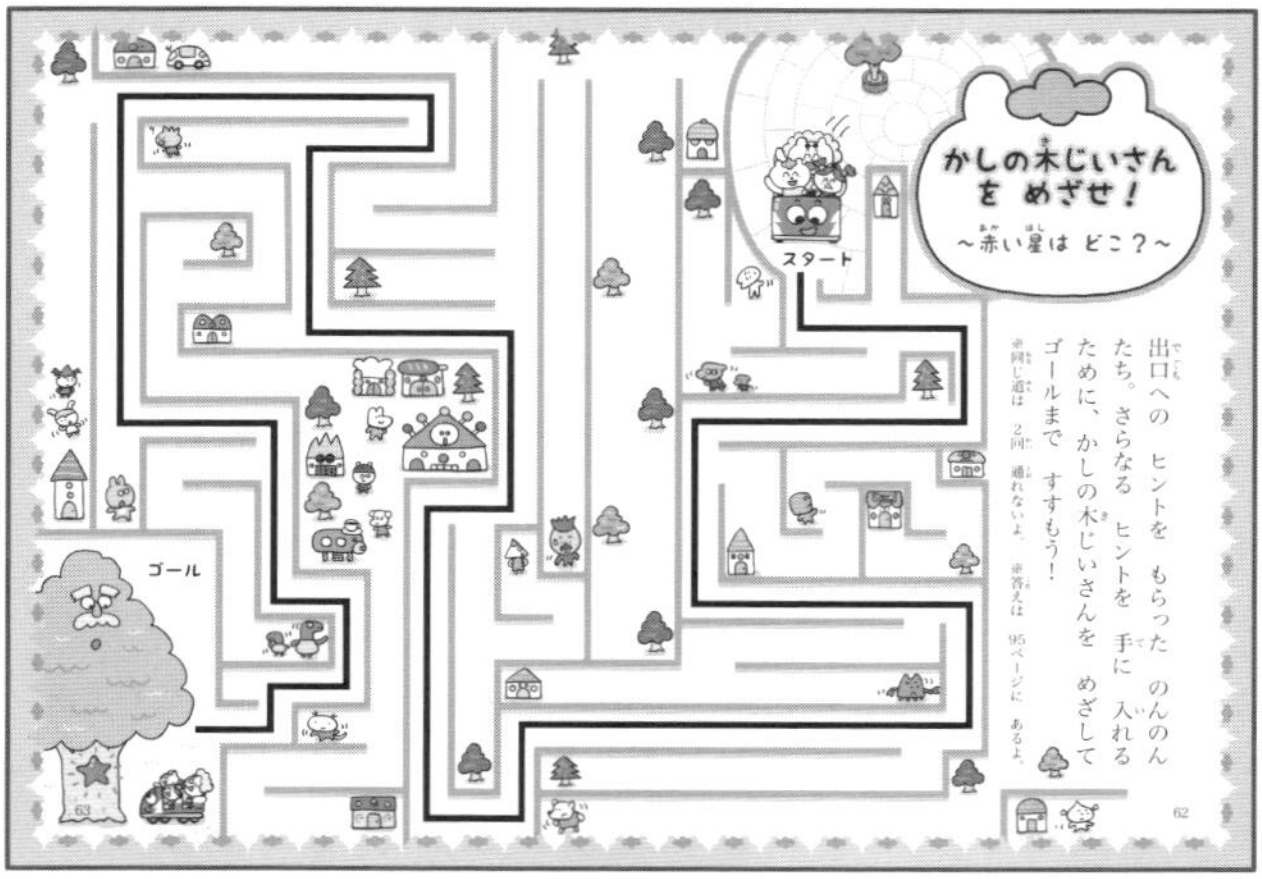

●66・67ページ クイズあそび

① ㋐スイカ。じつは、くだもの とやさいの どちらか はっきり しないんだって。

② ㋑カレー。24ページを 見《み》てみよう！

③ ㋒もみじ。いちょうは 黄《き》色《いろ》くなるよ。

④ ㋒のんびりゆうえんち。

⑤ ㋐だいず。ほかには、しょうゆも だいずから できているよ。

●72・73ページ はんたいことば クイズ

① え「さむい」

② い「おもい」

③ お「みじかい」

④ う「うく」

●86・87ページ まちがいさがし

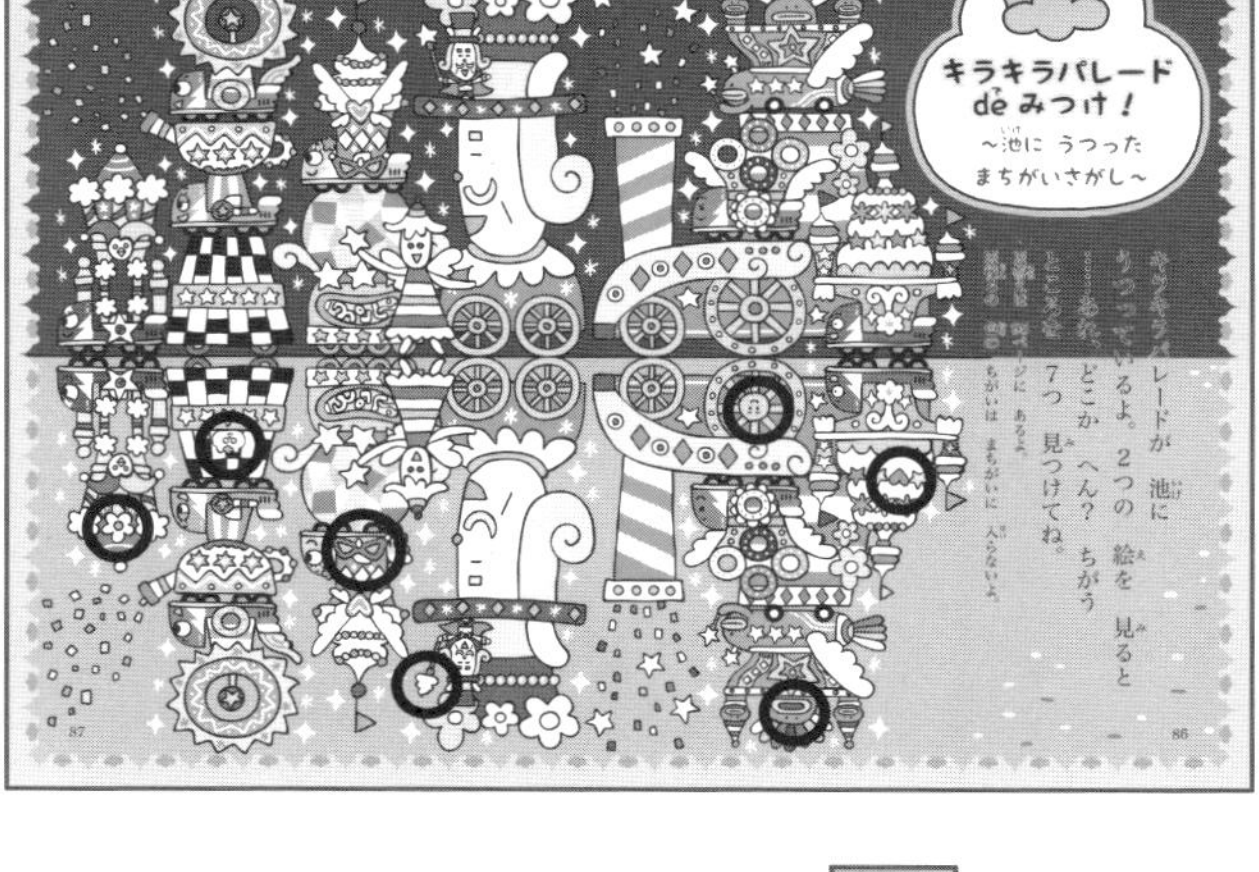

○が ちがうところだよ。

●91ページ おまけの みつけあそび

・その1
58ページ
上《うえ》の 方《ほう》に あるよ！

・その2
せかせか　21ページ

ざわざわ　20ページ

ぴこん　19ページ

■ 絵／森《もり》のくじら

1973年愛知県生まれ。岐阜県羽島市在住のイラストレーター。絵本作品に『かいぞくフライパンせんちょう』シリーズ（チャイルド本社）、『おとのでる絵本』シリーズ（金の星社）、児童書作品に『なぞなぞ&ゲーム王国』シリーズ（ポプラ社）、『白い本』シリーズ（学研）など。ミュージシャン『きいやま商店』グッズなど、様々な分野で活動中。

http://www.morinokujira.com

■ 構成・文／グループ・コロンブス

主に児童書を編集する制作集団。
作品に、『トリックアート』シリーズ（あかね書房）、『名作よんでよんで』シリーズ（学研）、『辞書引きえほん』シリーズ（ひかりのくに）、『はじめてのくさばなあそび』（のら書店）、『こどものこよみしんぶん』（文化出版局）、『でんじろう先生のおもしろ科学実験室』シリーズ（新日本出版社）など多数。

のんのんかぞくとあそぼ！
ゆうえんちで大《だい》パニック!?

2018年9月30日　初　版　　NDC913 95P 21cm

絵	森のくじら
構成・文	グループ・コロンブス（栗田芽生《くりためい》）
発行者	田所　稔
発行所	株式会社 新日本出版社
	〒151-0051　東京都渋谷区千駄ヶ谷4-25-6
	電話　営業03(3423)8402／編集03(3423)9323
	info@shinnihon-net.co.jp　www.shinnihon-net.co.jp
振替番号	00130-0-13681
印刷・製本	図書印刷株式会社

落丁・乱丁がありましたらおとりかえいたします。

ISBN978-4-406-06267-1　C8393　Printed in Japan

ゆうえんち　のりものずかん2

ゆかいな　のりものたち

【カップケーキぐるぐる】
ベリーちゃん
ぐるぐるも
おしゃべりも
とまらないよ。

【大《だい》かんらん車《しゃ》】
カンランさんとコカンランちゃん
やさしいパパと
にぎやかな
子《こ》どもたち。

【ミニミニコースター】
ミニコちゃん
子《こ》どもたちの　ことが
大《だい》すき。

【大空《おおぞら》サイクル】
ペダルくん
げんきで
おしゃべりな　男《おとこ》の子《こ》。

【かえるくんジャンプ】
カエルくん
毎日《まいにち》、ジャンプの
トレーニングを
しているよ。

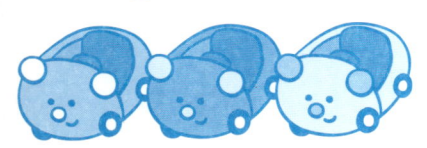

【るんるんドライブ】
るんるん3兄弟《きょうだい》
なかよしのちびっこコースター兄弟《きょうだい》。

【メリーゴーランド】
メリー女王《じょおう》
おひめさまの
話《はなし》を　して
くれるよ。

【ガタガタトロッコ】
トロッコくん
まじめに
がんばってます。

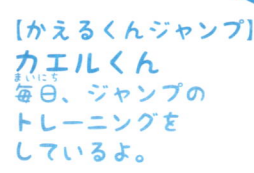